忘れられぬ情景から

尼崎總枝詩集

土曜美術社出版販売

詩集　忘れられぬ情景から＊目次

カバー・表紙・扉画／著者

詩集

忘れられぬ情景から

Ⅰ　春風

溜《たま》り場

校庭の片隅
一本の桜
子ども背丈の傘となり
大きく広げた　枝の張り
霞み　まとった花たわわ

子ども　チョコ　チョコ
花びら　拾う
うなじに優しい
舞い散る　桜

摘《つ》む手　優しい
舞い散る　桜
放課後　溜り場
ままごと遊び

時たまふざけて　旋毛風《つむじ》
そのたび　子どもの声が湧く
爪ほどの　褐色蝶も
落ちた花びら　薫りを追ってか
地面　跳び交う
風と子どもと　乱舞する

一人になった
校庭の片隅

桜　一本　花明かり
空も地面も　花明かり
とばりが　降りる
浮き上がる
舞台の桜か　低木　一本

とばりの向こうで　迎えの声
母の呼ぶ声　お腹がすいた
子ども　応える
風に負けじと——
とばりのグラウンド
花ムシロ
薄桃色の　夕闇置いて
花びら散るよな

音がする

母と子どもの　弾む声
闇に飲まれて　吸い込まれ
桜の話が　乱舞して
散り行く中で　聞こえる程に
笑い声が遠ざかる

日溜り薫る　空豆ざっくり
緑　ツヤツヤ　鞘の中
ミルク　しっとり
フカ　フカの中に
正に蚕豆《そらまめ》
待つは　流しのザルの中

また　明日《あした》

大人いなけりゃ　抜けられない
長い長い　狭いトンネル
ところ　どころで　水　落ちる音
壁をつたって　土濡らす
ぬかるみ道を　選んで歩く
闇からポッカリ　開けた口
結んだ視線　ぶれないように
維持空間が　異空間
声上げ　響かせ　吹っ切りたい

長い長い　狭いトンネル
大人いなけりゃ　抜けるのダメ

友だちの家
トンネルの手前　左に曲がる
――行きは　ヨイヨイ
――帰りは　コワイ
手継ぎ遊びの唄　重なる
送り　送られ　いつもの道端
両側　木々が　ズーッと　ズーッと
思い思いの　ポーズとる
微かに　明るい　空の道
防空壕　見え隠れ
ポッカリ穴が　いくつか続く

ガラクタ　捨て場　防空壕
おびえ　祈り　ジーッと凝らす
ごみの奥　寄り添う闇
息を　ひそめた　闇が怖い

ポッカリ　開いた　穴の前
背中あわせて　右　左
ヨーイ　ドンで　走り抜け
――さよなら　さよなら
大声　張り上げ
互いの声が　闇　飛ばす
声に押されて　背中で　さよなら
背中で聞こえる　また明日
――また明日

声が　だんだん遠ざかる
防空壕を四つ　先
背中が　怖い　また明日
貰った声着て　いよいよ大声
それでも　次の防空壕

家に帰った頃からは
戦争前後　知ってる　トンネル
壕の闇を吸い取って
宴会　いやしの異空間

巣立った　株（一）

朝一番
二階の窓から　声掛ける
下の坂道　行く人に
――おはよう　おはよう　声掛ける

二、三歩　歩いて草むら覗く
二、三歩　歩いて草むらうかがう
――なにか　見付けて　いるのかな
――ううん　研究してんだョ

繰り返し
足止めさせた　道ぞいの中

扁桃炎　かかりつけの先生　見上げ
椅子に腰かけ　足　ブラブラ
——悪寒《おかん》が　走るの
おじいちゃん先生　高笑い
——そうなの　悪寒が　走るの

ピンポンしたので　玄関あける
小太り少年　口籠る
小さなメモ帳　持ちながら
一生懸命　娘の名を言う
気持ち焦るか　吃音ひどく

ほとばしる　追い付かぬ気持ち
もどかしそうに　たどたどしい
――そう……　そう……
ゆっくり　ゆっくり　聞いてると
中学校で　隣のクラス
娘を訪ねて来たようだ
――就職していて　ここには
――ここには　居ないの
しばらく　ウロウロ　帰っていった

転居先の　娘に電話
クラス数人　いじめっ子
いじめ見たので　止めたとか
はるか昔の事　今　なぜかな　と

そう言えば
男子　数人　悪ふざけ
バルコニー
出た先生　締め出されたと……
笑い沸いて　大はしゃぎ
娘　黙っていられずに
——いい加減にしなよ!!　と
鍵　開けたとか

巣立った　株
研究室で　地道な結果
仲間と積み上げ　ワンチーム
喜び　落胆　分かち合い

予測を立てて　繰り返す

植物　動物　微生物
地球の生き物　現象さえも
まだまだ　ヒント　くれるよね
道端の草むら　覗いていた気持ち
今でも　健在だろうかな

巣立った　株（二）

姉の後ろで　見ていた子
姉の後追い　遊んでいた子
姉の友とも　混ざって
縄跳び　缶蹴り　鬼ごっこ
年下四つが　埋められないと
――泣くなら見ていて!!　入っちゃだめ!!
姉の後ろ　一歩さがって　見ていた子
鍛えられて　逞しくなる

初の入園　一週間
朝の別れは　泣き声で
園の先生
子ども抱えて　おおわらわ
次女は　泣き声　上げないで
固まるように　立ちつくす
ゆっくり　ゆっくり
毎朝　手を振っていた

二、三日たった　あたりかな
どもり出して　驚かされる
先生　曰く
——稀ではあるが　どもる子も
——一週間たらずで　直るんです

どもる娘に　手を回し
体で飲み込む　ハグしたら
テレビの漫画　一緒に見る
気が済んで　膝からおりたら
家事　始める　習慣

それから一年たった頃
次は　先生　慌てさせ
泣きもせず
生づめ剝がした足　見付けたと……
この日は念入り　膝にのせて話し掛けた

姉は　積み木の絵と字を結び

遊びながら　五十音
カタコト読みで　絵本も広げる
姉を見ていて　遊んだ妹
いつの間にか　単語覚えて
語彙　文節読みを

朝一番　保育園では　読み聞かせ
いつの間に　数人の輪
絵本　広げた友だちの
逆さから見ては　スラスラ読むとか
単語　覚えて　絵本広げて

長女は　声張り上げて　外に出す
次女は　飲み込み　体が悲鳴

巣立った　株
老人福祉　相談員
血の通う　経験したいと　現場に出た
コロコロ笑う
娘らしさは　健在か

男　同士

自我　目覚め　知恵がつく頃
不公平　見抜いて　ぐずる　輪が破裂
ママの救い　耳に入らず
年上三人　孫　あぜん
パパは黙って　仁君　抱え
敷居の外に　出ていった
私　ウロウロ
聞き耳　立てたが　外　静か
男　同士の　見えない魔法か

――けろり

男　同士　アウンの呼吸　染みてか
すでに仁君　みんなの輪の中　笑い顔
何事もなかったように……
後ろから　ゆっくり歩いて来た　パパ
日頃から　培う土俵　あるからか
温かい　日頃の土俵　あるからか

Ⅱ　春から夏へ

揺さ振られ

――『ア!! パ・パー』
マンション囲んだ　大通り
高い声が　響き上がった
買物母の　手を放れ
転がるように　白い影

――『お帰り・な・さ・い』
響き渡った　声も転がる
体　めいっぱい
張り上げた　先

子犬を　拾い上げるよう
黒い影　構えた
かじりついて来た　子
しっかり　抱き上げる
スキッと　疲れが　吹っ飛んだか!!
うっかり　私の声が出た
――たまらないネ!!　たまらないネ!!
父は　ペコリと　頭を下げた
ウトウトしていた　桜並木
電燈の光に　透かされて
一役かった　光の演出
幼児を抱えた　母の背中
そこにも　揺さ振る　影があった

並木　つぶやく夢の中
光を抱え　心　掘り下げ
――ママは　あかちゃんに!!
――いい　お姉ちゃんしてたんだネ!!
――お姉ちゃんだと　我慢もネ!!
――そこで　大声　押し出て来たんだ
――体めいっぱい　声響かせて

桜並木を　抜ける頃
振り返れば　箱型傘から漏れる光
葉を透かして　チラチラゆらぐ
光　点々　道案内
遠い昔が　重なった

——はしゃぐ　子どもの
　蚊帳《かや》の中——
疲れた一日　夜が包む
スタートライン　夜明けに向け

やがて
並木みる夢　春の夢
手を引く姉と　ヨチヨチ歩く子
後から　見守る　母の影
心　読みとる　舞い散る桜
時の厚みを　愛《め》で　噛み締めて
今を踏みしめ　道行く人の
肩をなぜる　応援花
花　誇った　並木道

虫干

祖母の　手作り
コートも　ホッコリ
白髪一本　微風を溜めて
――いやだよ　いやだよ
――つかまえて　ごらん
白髪一本　風に飛んだ
つかみそこねた
時の重み
数々の記憶　私の枝折《しおり》

祖母の命　なごりの枝折
二つとない　私の枝折

手元を　抜け
――いやだよ　いやだよ
――前に進め
ベランダの空　茜色
グルリ樅《もみ》の木
幹の合間
走る二色の　ユニホーム
掛け声　早口
動きが　変わる
野太い声――

上がるや　上がって
新しい命の　声が湧く

つながる

見学したのは　養殖場
真珠　育てる　詩が書けた
同窓会の　話題の一つ

心を盗まれた貝は
一つぶの　小さな砂を
いたい　いたいと　ころがして
真珠を作ると　いうことだが

この四行に　呼応した
血が通い　ひとり歩き

友の姿は　もう居なかった
あの時　すでに
プツッと　異物　闘病中だったと
言葉を置いて　彼女の帰路は
言葉の重み　知ることになる
――ありがとう
――彼女の中で　生きて　いたのネ
私の中で　光放つ　真珠に
――あなたにとって
　どんな気持ちが
染みて　溶けたの

彼女の結婚　引き出物
ガラス扉に　納まった
お皿セット　目に入るたび
この詩の一部の　深みを探る
――貴女の中で　生きていたのネ
つながる　真珠となった　貴女

見かけて店を　飛び出たと
白い歯　笑う　貴方は、もう……

五秒の　ほころび（一）

園から出て来た　娘
顔が合った　とたん
走って　こちらへ

棟の一角　横町から
回り込んで来た　車
道を渡り終える　あと一歩
私を追って　遅れてついて来た　娘
振り返ると　一、二歩　道路に踏み出す

ストップ　掛け声
身振り手振り　大きく　×を振りかざす
普段から　慎重な娘
衝動にかられたか
目　耳　足が　バラ　バラに
勝手に動き　止まらない
瞬時に　繋がらぬ　頭・体

——曲がって来た車　すり抜けた——
しゃがんで広げた手に
とび込む娘を　抱えた
心臓　バクバク
全身　震わせ　泣きだした娘
呼応して　わなわなと　全身ほてる

慎重が　衝動に負けた日
魔のまばたき　一呼吸《ひと》のすきまで
生と死の狭間を　実感
気の緩み　我　顧みて

人間社会を　写す人
蟻の社会に　見える人
なにも　かも
誰も　かも
万物　超越した力に　感謝した

五秒の　ほころび　（二）

五十メートル　だったかな
プール　縁に沿って　ゆっくり背泳
右手に当たった　丸いもの
立ち上がる　頭、娘
抱き　かかえて　水から上がる
泣きもせず　ケロッとしている娘
体じゅうの血　騒ぐ
しばらく抱いて　ボーッと　空っぽ
静まるまで

お風呂のお湯　大好きな次女
プールサイドを
泳いできたのが　見えたのか
頭の重みで　ポロッと　落ちたか

その日は　ズーッと　次女　抱いて
その日は　ズーッと　次女の相手
夫と長女を　よそに見て
魔のまばたき　一呼吸のすきまで
生と死の狭間を　実感
気の緩み　顧みて
万物　超越した力に　感謝していた

Ⅲ　夏から秋の気配

遠い昔に　陽が当たる

トンネル越えたか　手前かな
上がって行く道　覚えがない
思いの情景　浮上する

祖母の勤めた　薬局で
カーブ滑らか　机　グルリ
背伸びしたって　見えない祖母
――走り回っちゃ　だめなのョ
――看護婦宿舎は　行っちゃだめ

――林の草むら　行っちゃだめ　と声
ママゴト遊びの　友だちは
病院敷地の　大工の子
けたたましい声　犬の声
つられ　二人で見ちゃったョ
林の陰に白衣　ないしょ　ないしょ
リンゴ木箱に　犬　寝かされた
二人の男を　見ちゃったョ

丘　一帯
畑だらけの　病院敷地
祖母の畑で　鳥　急降下
おにぎり　握った　手のもとに
掠《かす》りも　せずに　かかえて行った

一瞬　大空　姿　消し
祖母が振り向く　前だった

鳥の目となり　あっち　こっち
行って見たい　今を　継ぎに
――目映い　だろうが　よその顔
『浦島太郎』　ささやいた
――未だに　絵本　閉じたままで
鳥の目となり　掘り起こす
隠れた　足跡　隠した木の実を

悪夢から

年に二、三度　決まって見る夢
私が作った　無意識　悪夢

石、岩の　ゴロゴロ斜面
登る祖母
裸足アチコチ　血が滲む
それでも上へ　上へと目指す
どうして　どうしたいの!!　声つまる

襖《ふすま》　障子　一線《いっせん》引いた
祖母の気配　眠る部屋
時空の決壊　怖くって
襖に掛けた　手が止まる

——孫に別れの　顔見せないで
祖母が残した　言葉を守る
その母も
祖母たち待っている　時空へと

決まって見る夢　ピタッと一掃《いっそう》
母が　きれいに　持っていった
秘めた悪夢
一度も口に　したことないのに

襖　障子を　開けても　からっぽ
掃除したて
根こそぎ　スッキリ　無の時空

私の中の　母
母の力が　通うを　知る

お引っ越し

年に二、三度　旅気分
日帰り旅は　墓参り
赤い靴の女の子
はいて旅立った　港とか
丘の上の　墓から見える
遠い港は　ゆったりと
額に入れた　一つの絵

お墓の引っ越ししてからは

洗濯物が　舞うテラス
背中　こんなに　暖かい
心　ズーッと　暖かい
秋というのに　暖かい
近くなった　先祖だろうか
同じ風　同じ光
先祖も　眺めて　いるだろう

寝相　悪い　頭の天辺
ヒマラヤ杉の　チョン　チョリン
グラウンド　グルリ
あっちも　こっちも　チョン　チョリン
背伸び　しそうな　杉　囲む
一、二　一、二と　手を広げ

段々　天辺　ツリーにしたい
頭　ボーボー　小高い丘
向こう　戯《ふざ》ける　雑木林
鱗雲《うろこぐも》が　ワンチーム

弾ける声　グラウンドを　駆ける
短い掛け声　たびたび　上がる
遠く遠く　ネオン　ついた
遠く遠く　ライト　走る
ソーラーパネル　三、四台
電柱　点々　光　応援
白や赤の　ユニホーム
夕暮れ　掛け声　吸いとって
グラウンド　駆ける　ユニホーム

鱗雲と　見ている先祖

今日は　正面　テラスの雲
あの光　隠した雲の　中　きっと
きっと　何か　も一つ　有るはず
一人　一人の　花咲かせ
砂絵　描く雲のよう
思いを寄せて　見る人の
一人　一人の　宝箱
はちきれそうな　砂絵かな
抱えきれない　胸の内
時たま　光　漏《も》れる雲

――ありがとう

グランド
雲と
先祖の引っ越し
毎日　毎日
毎日　同じ　空気が　吸える

赤い花咲く　チンチョーゲ
真夏の根元で　『ままごと遊び』
扱《しご》いて　パラパラ　赤まんま
かぶせて　着せた　大きな木陰
時々　おつむ　なぜる風
——こんな砂絵も　有るんだネ

日なたが　育てた　空豆秘密

鞘《さや》　はずせば
しっとり真綿に　包まれ　吸ってる
びっくりさせた　正に蚕豆
蟻の筏　濁流する沼　渡れる秘密
蝶が大海　渡った光
枝　垂れる程　飾る秘密も

思いがけない　自然の力
思いがけない　生きる力
知恵や不思議を　学びたい
抱え　あふれる　雲の中
——活かされている事　ありがとう
近くに先祖　連れて来たら
子どもの頃も　ついて来て

日頃の生活　リズムの中に
心　チョコ　チョコ
出入りする　墓

Ⅳ

終活の冬　省みて

引き算　体操　自然体

力を抜いた　ストレッチ
始めの一歩　踏み出して
体の芯を　乗せかえる
前後の動き　前後の乗せかえ
ゆら　ゆら　ゆら　ゆら
お尻の重心　踵に移る
前後の踵へ　ゆら　ゆら

頭の重みを　振り子にし

左右　フラ　フラ　フラ　フラ
力を入れず　肩も体も　自然に揺れる
首の骨　後ろで「フッ」と呟いた
部位の重さを　移すだけだョ

肩の高さで　腕　広げ
力を抜いて　小刻み　上下
手首　震わせて　筋肉　引き算
肩の関節　小刻み震える
体の部位の　重みを使う
体の奥が　目覚め動きに

膝を立て　コロンと後ろ　仰向けに
上体の固まり　ほぐされる

片足　踵を膝に乗せ
乗られた膝を　引き倒す
腰は　よじられ
臀部の伸びが　痛きもち良い
違和感なしで「タガ」緩む
解放されて　自然体
部位の重さを　かけるだけで

力の抜けた　部位の重さ
支えて働く　部位に　感謝
帰りの　足どり　軽くなる

支点で揺らぐ

産まれた時から　体の刻み
一週間ごとに　膨らむ　喜び
――できた　できた　の
未来の予測　希望の兆し

一週間ごとに　しぼむ　覚悟
――そうよ　そうよ　と
作り笑いで　うなずき　包む

孫と母との　シーソーの支点で
七日の刻み　光と陰
揺らぐ　不思議な　力を受け入れ

籠の鳥

テレビの番する　籠の鳥
頭でっかち　さえずり　やめて
自分を　見詰めて　整理する
空想　磨いて　膨らむ喜び
籠の仕切りを　忘れる　自由
チャンス　チャンスと　出入りの自由
時さえ　自由に　出入りが出来る

テレビの番する　籠の鳥

――うまい　おいしい
笑み　うかべ会う
――グッスリ　眠れば
やる気　マンマン　声はずむ
他愛ない事　凄さを実感

達者かな

ありそうな
架空の出来事　投げかけて
『君なら　どうする』
黒板　大きく書いた後
テキスト配って　読み聞かす
――この時　ｓは……
――この言葉からｕは……
気楽な　三者の立場で追い詰める
きれい事は　拭きとって

架空の心を　探る時
準備　オーケー!!
答えの出ない　予想の発表　好きな時間
それぞれで　心揺さぶり　耕す時
思いやりが　顔を出す

集団生活　スタート着いて
一週たらずで　つまずいたとか
二年になって　我がクラス
朝から湧いてた教室で
n君　ポツンと　席に居た
——チャンス　チャンス——
みんな好きな　授業に当てた
正解なんぞ　ない授業

それぞれの　予測の気持ちを　耕す

いつもの様に　プリント配り読み聞かす
――みんな
　学校なんか　来たくないよネ
　朝寝坊もできない　自由がない
　　家で勉強すればいいい
プリント　読みかえす子ども達
主人公の　心を耕し始めた
○みんなと遊べない
○「ずるい」と言われそう
○外に出られない
○勉強　遅れて　つまらないのかな
――だったら　みんなは　どうするの

○朝迎えに行く
○いっしょに　学校に来る
○今日の給食　なんだろうと言う
○休み時間　遊ぼうと言う
○わからないところ　聞いてねと
　　　　……言ってみる

大きく　ゆっくり
頷いてみせては　自信をつけた

みんなの心が　見えたのか
朝　一番　n君引き入れ
回り始めた　歯車
登校したら　いつものドッジボールに

助け合いルール作って　男女混合

大人の事情の　狭間に落ちた
ｎ君の　叫び　心　聞きとれない
家族の顔　声　繋がる前に
――転校するっ!!　とか　突然

ｎ君の姿　見られない
理科実験　道徳　体育　図工が好き
見えないものに　刺激され
考え　想像　耕し創造
知恵から入って
どうにか　やる気が見えた頃

大人の都合に　割り込むなんて
責任とれぬ　無力の私
せめて校内　教室内で
よかれ　よかれと　相撲《すもう》とるだけ
個性を活かす　その子の種
やる気　育てる　力になればと
掬《すく》いとれない　n君の顔　揺らぐ

あれから　もう
どこかで　きっと
子どもと遊ぶ　お日様の父で

通せん坊

自由に動け　ぐっすり眠れ
痛くも　かゆくも　ない世界
なん重にもなる　時の層
継なぎ目　渡る　その黄昏《たそがれ》だった
——誰か　来たヨ
——ここに　泊めて
真剣な顔して　呟いた母
夢と現《うつつ》を　行ったり　来たり
——ここは　旅館じゃないんだヨ!!
邪気に聞かせる　語彙　強め

それでも　呟く　母　真面目
――旅館じゃないの
――それなら　かあさん　どこに寝る
つい出た言葉　母の顔　くもらせた
「しまった」あわてて
――お母さんは〝ここ〟
――私の側《そば》!!
いつの間に
同じ時空に　降り立っていた
邪気に　近づけたくない　守りたい
捕れたくない　通せん坊
言霊　身方に　きっぱり　歪《ゆが》めず
現に戻った　朝だった

――あの人　いい人　悪い人
母が尋ねた夫から
――この人　とっても　いい人よ
いつの間に
母は夫の中に居て
ホッコリした顔　救われた

『旅館を教えて　そっちに行きたい』と
なぜ言えなかったか
母の　無垢《むく》な優しさ　ねらう邪気
払うつもりが　無慈悲な　邪気に
渡る橋で　何のずれ
やっぱり
時の繋ぎ目　時空が　ずれたか

レッテル

唐突に
——君は　内ゴウ外ジュウだネ
振り返ると
眼光　鋭く　目の奥見せぬ
彫の深い　笑顔だった
返す言葉なく　お辞儀した

言葉と心が　探り合い
内ゴウの「ごう」は……

「傲慢」「強情」それとも
それとも　合わせる「合」だろうか
外ジュウの「じゅう」は……
「猛獣」　気性が激しく
構え厳しく　吠えるとか
それとも「従順」……
――どう言うこと
人により　態度を変える
いやな奴とか
――嘘でしょう
特に　子どもと集団行動
個性は活かすが　差別は厳禁
これがモットー　自問自答
気心知れた　持ち場　周辺

心許して　打ち解ける仲間
判っていれば　マー!!　いいか

辞書の引き方　教えていた時
『外柔内剛』目に入った
　『外見は　もの柔らかだが
　心の中は　しっかりしている』こと
誤解のレッテル　貼ったの私か
声掛けられた　笑顔から
一歩　離れて　溝を作ったのは　私
役職　邪魔して
腹を割って　話せなかった
構えて見てたは　私だった

あれから　かれこれ二十年
役職　孤独　解けた今
どこかで　じいちゃん　目を細め
家族と　昔話をしているか

あの時に
お辞儀の替わり
心割って　話していたら
心隔てぬ　種まいた笑顔と
もうひとまわりの
輪が見えたはず

Ⅴ　年の功をたぐって　また春

隠れん坊

この頃　財布と　隠れん坊
この頃　鍵と　隠れん坊
音色《ねいろ》の違う　鈴つけて
はでな　リボンの色つけて
鈴と色と　隠れん坊

この頃　物と　隠れん坊
この頃　手元が　留守がちで
チョイ置きしては　隠れん坊

出かけるグッズ　大きめ袋
帰りの窓口　入館キップ
袋のポケット　あちこち探る
——それで『お袋さん』て言うのかな
声の主　にっこり笑った窓口の中

——いろんな袋　知恵袋
まだ　まだ　ないの
手を止めて　肩をすくめた

追いかける　母の呟き　ウィンクする
——発《た》つ鳥　水を汚すな!!　ネー
買物パッキン　籠の中

振り向く　テーブル　母の癖
『見返り美人画』チラつく　この頃

そう言えば
戸締り　鍵掛け　後　そっと
軽く引くのは　父の癖

父母の実感　憶測　読める
喜寿　過ぎると　分かる事
米寿になったら　どんな知恵

消化不良

言葉のパーツが　ひっかかり
一つの単語が鍵となる
時をずらして　放っておくと
ポッカリ　単語が浮いて出る
迷いはストンと　すっきり見えて
ツルンと飲み込む　詩が書けた

それでも　それでも　こなれない
ときたま
国語辞典へ　小さな旅

あやとり

ひと目でバチッと
まるごとイメージ　浮かぶ漢字
喉ごしツルンと
心のリズム　ハモる平仮名
今頃　気づく
目と耳に　残る映像
快い　体と心に　染みる連携
すばやい機能が　埋め込まれ
誰が作った　体の　あやとり

春到来

五感の助けを　借りるとしても
知恵袋は……
カラッポ　カラッポ　スッカスカ

角を曲って　二、三軒
帰りの路地を　ゆっくり走らせ
擦れ違いざま
隣の　おじさん　振り向いた
――乗って行きませんか

車を止めると　大笑い
挨拶がわりに　笑いを誘う

歳をとるほど　失うもの増し
心許せる人達で
せめて　笑いを誘う挨拶
家の中でも　ご近所でも
心　転がし　リセットできる
サークル仲間に　店員さんにも
みんなで　笑い合えば
頓智で　明るい空気と繋がる
失って行くことなんぞ
笑い飛ばして　忘れちゃえ

五感に頼って　春　到来
頓智　絞《しぼ》って　また　春　到来

資料（一）

その年　その時　その想い
資料の写真に語りかけ
やがて積った　心も忘れ
集めた資料は　あくびする

一発勝負の　一筆は
描けたつもりで　やる気を待つ
——いつでも　まかせろ
——もうちょい　もうちょい　落ち着いたらネ

そんな日々が　自由を満たす　明日の空

やがて　やがてと
目も衰え
暴走する指　時々　小刻み
かえって　線　一本さえ
味が出るはず
大胆な　絵が描けそうだなんてネ
強がり言って　腰　上がらぬ
追い込むことすら　避けて　避けて

墨の濃淡　手順で変わる
遠近　重なり　厚みと重み
泣いた筆　掠《かす》れた筆の手順でも

力　速さ　存在感

光と陰　照り返しの空気は　どうするか
風は　小枝に
葉と穂の　流れに任せ
墨を飛ばして　ほのかな香りも

いろんな顔　水面　霧　露　靄　どうか
出番を待ってた
ドーサ　みょうばん　ニカワ水
貝殻の粉末　胡粉も呟く
――和紙に染みない　墨をはじくヨ
糊墨　洗剤　白抜き液も

使いかけのガビガビ恐れ　口を挟む
――試せ　試して思い出せ

試し用　綴った和紙は　少しも減らず
一発勝負の一筆は　時を食らう
――ならば遊べ　スタンピング
楮紙《こうぞがみ》　揉《も》んで伸ばして
できたシワを　優しく優しく
墨　つけた筆　寝かせて　なでる
自然に任せた岩肌　ガサ　ガタ
スポンジも　刺《とげ》抜き摘み　クレーターにして
墨つけ　トントン　葉や花　満開
――オッと待て　丸めた紙に　マスキング
トントンするは　空　隠してから

月も隠し　金網　歯ブラシ　墨とばす
――遊べ　遊んで思い出せ

山馬筆《さんば》　長流《ちょうりゅう》　刷毛《はけ》　切って潰した古筆
雪面描く　越前麻紙や青龍紙《せいりゅう》
描きに合った　和紙　色々
――試せ　試して
――あくびさせるな　暇なんぞない

資料（二）

積った写真の　木もれ日は
出番を待って　あくびする
——試せ　試しを　口実に
水や　墨やと
——調合されるの　待ってるヨ

水に浮かべた　墨の動き
指先　楊枝《ようじ》で弧《こ》や線　引くと
墨の流れ　クネクネ　マーブリング

和紙に　写しとった模様
自然にできた　構図に描《か》きたす
なにが描ける　なにを描こうか

筆に　たっぷり　ドーサ液
後から墨筆　流れの動きを誘発する
――それなら待てよ
糊墨　洗剤　混ぜて描き
水で伸ばせば　模様ができるぞ
よし!!　となれば　タオルを乗せて
水気を吸い取り　動きストップ
水の力を知るだろう
模様に合わせ　構図に付け描き
二度と　同じ絵は描けない

自然に任せる現象に　心を載せて
いたずら描き　日々　今日も
資料の写真は
木もれ日どころか　日の目も見ず

一筋の線は　イキイキ
筆を寝かせた　擦れ跡も
速さ　止め　払いの運びが質感に
皴《しゅん》は　シワ　山や岩に立体感
いよいよ　画面全体　見渡して
濃、中、淡墨　描きたし染めて
立体　奥行き　出たならば
仕上げ　オーケー　いいんじゃない

線は原点　墨は撥墨　いいんじゃない

また　今日も
泣いた筆　バサバサの筆
突き上げる　とぎれの心
――いっぱつ勝負に　おびえるな
爪先だけで跳ねる筆
リズミカルに躍る筆
懐かしい　資料を前に
指の動きも　いいんじゃない

詩

経験　浅い　若者は
生きた　生きたと　言う程でなし
あちら　こちら　どこでも　顔出す
まずは　まず　種　探し
まだ　まだ　生きた　コマもない

子どもできたら　詩が書けない
子ども取り巻く　染みる言葉
絞り出す　言葉に代わって

生きた言葉が　動き出す

子どもの仕草　心響く
気持ち　動かす　波長にのって
生きた　言葉が　飛び込んでくる

子どもできたら　詩が書けない
心うたれる　目が離せない
どっぷり浸かる　子どもの世界
日常生活　そのもので
詩作の気持ちと　マッチング

言葉と言葉の掛橋で
――さも　ありなん

波動を埋めたら　個々のもの
想像　伏線　自由の広がり
象徴　切り取り　橋渡る
経験　膨らみ　呼び起こす
琴線　共鳴　波動へと

文と文との　掛橋で
文節　節との橋渡る
まずは　読む人　我が鏡
合点の上で　心揺さぶる
個々の連想　広がり　深みへ
橋　渡るたび　リズム　沸いて出て
琴線いっしょに　かき鳴らしたい

林の中は

そう言えば
下手な　鳴き声
幼い　鶯
今年　一度も聞こえて　こない
前の林を眺めても
買物　行き来の　林の脇でも
たど　たどしい声　聞こえて　こない
——もう少し　もう少し
若葉　付ける　林を待つか

鯉のぼり　泳ぐ日　先か後だろか
今年の季節　定まらない
春の兆しが　行ったり　来たり
幼い鶯　命は　どうか
家の周りの　草花は
迷いは　するが　狂い咲き
――林の中は　どうなんだ
春が隠れて　出て来ない

不安

手術は　初めて　白内障
超音波　優しいリズム
柔らか　音色
血圧計　腕を締めつけ離すリズム
左眼の中で　七色濃淡
ダイヤカットが　移動する
混った濃淡
チカ　チカ　重なる　色の移動
次は、次は、と

痛みの予測　不安から
気持ちを逸らす　五分間

突然　不安は、
――フラッシュ　バック
握り引かれた　手が　ホッコリ
遠く遠く　トンネル出口
小さな円い光と　結んで歩いた
チョロ　チョロと　染み出る音
響いて　ヒンヤリ
ところ　どころ
ボーッと照らされる　トンネルの壁

ありがとう　看護師さん

軽く乗せられた　温もりの　右手
人差し指だけ　引き抜いて
その上に　軽く置いた
寄り添うという　懐かしい手の上に
今見えているのは　色づいた光と
心　転がす音の　競演です

年輪

時が刻んだ　年輪が
知恵を組み込む　太い枝
小枝を増やして　鳥を呼び
風を躍《おど》らせ　光チラチラ

時が刻んだ　年輪が
株を増やした　勢いで

一枚の絵から　一枚の情景と
語り語るヨ
フラッシュバック
自分に聞かせる　籠《こも》り詩《うた》

尼崎總枝

著者略歴
尼崎總枝（あまざき・ふさえ）

1942年　神奈川県川崎市生まれ

詩集　2022年『心の旅はバトン作り』土曜美術社出版販売

所属　覇気の会

現住所　〒273-0047　千葉県船橋市藤原6-21-16

詩集　忘《わす》れられぬ情景《じょうけい》から

発行　二〇二三年六月十日

著者　尼崎總枝
装丁　直井和夫
発行者　高木祐子
発行所　土曜美術社出版販売
〒162-0813　東京都新宿区東五軒町三―一〇
電話　〇三―五二二九―〇七三〇
FAX　〇三―五二二九―〇七三二
振替　〇〇一六〇―九―七五六九〇九
印刷・製本　モリモト印刷
ISBN978-4-8120-2779-0　C0092